TOUT EST SENSIBLE

Emmanuel ROUSSEAU

Illustrations

Simon HUREAU   Nathanaël GOBENCEAUX

© 2016,Rousseau, Emmanuel
Edition : Books on Demand, 12 / 14 rond point des champs Elysées, 75008 Paris
Impression : BoD - Books on Demand Norderstedt, Allemagne
ISBN : 9782322043040
Dépôt légal : février 2016

*Ce livre a été conçu pendant la nuit...
Cependant, il n'aurait pas vu le jour
sans l'aide de messieurs
Simon Hureau
&
Nathanaël Gobenceaux*

qu'ils en soient remerciés.

I

Où je parle de ceux que je n'ai pas connus
Mais qui sont venus me serrer la main avant ma naissance...

LILAS

Il mit plusieurs jours à ouvrir les yeux ..

A la pension, le moindre déplacement était suspendu
Au souffle du jeune convalescent.

Le premier jour, on eût dit qu'il méditait
Sur les veines du bois,
Laissant son esprit voyager au gré des formes fantastiques
Lovées sur le sol ou les panneaux muraux.
Lorsque la fenêtre fut ouverte, il en fit de même pour les nuages.

Une légère brise gonflait le rideau de mousseline
Et les senteurs de lilas ravivaient l'air de la chambre.

Il souriait en entendant les jeunes filles
Jouer à la balançoire et se chamailler.
On entendait quelques pas dans les graviers
Puis la cloche du soir,
La cuisinière montait et tentait de faire avaler
Quelques cuillerées de soupe au jeune homme.

De beaux jours encore,
À entrevoir les papillons citron fureter près des volets.
Puis, le temps se mit à la pluie et au froid,
Alors il déclina et rendit son souffle
Avant la lune de mai.

On hésita à poser son uniforme sur le lit
Mais le maître de maison le jeta au feu
Et posa ensuite entre ses doigts,
Son harmonica,
Ainsi qu'une branche de lilas mauve.

LA PHOTO MODIANO

Il reste peu de choses,
Quelques lentilles d'eau qui se cherchent
À la surface d'une mare...

Le paquet d'enveloppes,
Cette photo, au dos de laquelle on peut lire :
*Fourchambault -1911,
Mariage Emile, ferblantier
Et Anne.*

C'est une noce de campagne.
Une trentaine de personnes sur les bancs.
Les visages sont durs,
Les vieux ont la face halée, osseuse,
Les lèvres minces.
La mariée est petite,
Le front ceint d'un voile garni de fleurs...

Le marié ébauche un sourire,
Son pied s'est levé,
Comme s'il allait exécuter un pas de danse...

Deux hommes en veste de ferme
Et cravate lacet sont assis sur une caisse de bois
Sur laquelle est inscrit « vin de Pouilly ».

La cour est probablement celle de l'école,
Au-dessus, des jeunes filles en blouses grise
Sont accoudées à la fenêtre et semblent se taquiner…

La distance et le temps ont laissé ces personnages
Dans un reflet de flaque,
À la merci des nuages de l'histoire
Qui ombragent leurs sourires inquiets.

UNE VIE

*Cet homme à vélo, faisant le même trajet depuis des années,
Il me semble bien le connaître...*

À l'époque, les quartiers sud étaient ceinturés de petits
jardins ouvriers et la famille élevait
Des lapins dans la cour.
Pour se rendre à l'école de garçons, il fallait traverser la
longue rue morne, encore assombrie par les hauts murs de
l'usine Schmid.
L'été, les vacances chez les cousins à la campagne.
L'hiver, les fougères de glace sur les vitres de la mansarde,
les bains-douches municipaux.

« Je ne te reverrais plus... » Lui confia sa grand-mère, il allait
prendre un train qui l'emmena en Allemagne pour dix-huit
mois. Pas ou peu de permissions, chambrées couleur de
cirage,
Pistes de chars et bases américaines.

Ses yeux ont rougis et sa silhouette est un peu plus ramassée avec les années, il avance dans le petit matin frais...

Au retour, je perds sa trace.
On le voit sur ces photos pour touristes prises place du Palais, en tenue élégante et moustache façon Errol Flynn, il est accompagné d'une jeune femme aux longs cheveux bruns.
Il travaille dans l'automobile. J'ai ce cliché où il est encore apprenti et il pose avec des camarades accoudés à une Buick, dans un décor à la *West Side Story...*

Lui et elle vont avoir deux enfants, le monde est un chantier que l'on monte et que l'on rase indéfiniment. Je ne sais s'il avait une quelconque spiritualité, des questions, sans doute n'avait il pas beaucoup de temps, de place...

Il me semble voir une guirlande chargée d'images et de scènes d'enfance accrochée à son garde-boue.
C'était seulement un père, s'éloignant dans la bise qui fait fléchir les dernières graminées...

II

Où l'on s'éloigne des hommes...

CLOCHETTE

*
* *

Horlogerie d'étoiles
Scintillant le Bélier
Jouant à balancelle
Sous la faux de la Lune

Ding !

Qui donc est le père des quatre saisons ?

Dong !

La cloche tinte sur le fil
Qui relie le firmament
Au plus simple des bulbes
Caché dans les tiges.

* *
*

OFFRANDE

Le sous-bois porte en lui le royaume céleste.

Les frondaisons se percent
De clochettes de lumière,
Les hauts arbres s'élèvent dans le torse
D'une déesse immémoriale.

Dans cet espace,
S'agite le minuscule archet des mésanges
Et la braise de l'humus expire
Une myriade d'insectes volants.

Tel est le rêve de la Grande Mère

Verte est son aura
Où les ruisselets de sève
Palpitent en poussière d'or.

LE SILENCE

Closes dans leurs pensées du soir
Les fleurs s'abaissent en chiots endormis.

Et l'araignée, tissant dans le liseron,
Sursaute à peine.

Les nœuds se succèdent
Dans le bois du chêne
Comme un rosaire d'avant les hommes
D'avant
L'obscur.

Le soleil lustre le fleuve,
Ils s'étreignent, ondulés.
Puis tous deux se taisent.

Ni œil, ni visage.
Juste une flamme au centre du cœur,
Consumant
Mes souvenirs et leurs archipels
Sans bruit, sans écho

Et la lumière du soir exulte.

PRELUDE ET PASTORALE

L'aurore naît de la lumière mais aussi d'un son.

D'où vient-il ?
On ne le sait pas, mais il précède toujours celui de la première cloche.

Une sorte de gémissement,
Une scie musicale courbée entre rivière et nuages,
Un filet de voix végétale enfanté des noces
Du jour et de la nuit...

Mystérieux archet
Qui fait grincer la terre
Comme une vieille roue de bois.

* * *

Un mystère ancien dort sur ces vieux arbres
Et sur la procession des hautes plantes.

Dans le cloître de cette forêt,
On entend le murmure de quelques pierres moussues
Où l'Homme vert a dessiné sa parure de lierre
Et où chaque feuille reflète son visage de faune barbu
Et intemporel.

REVE D'EAU

Ondine...
Prunelles noires dans la nuit,
Vertige sur l'étang,

Une statue de plâtre
Avance son invisible main
Vers le nocturne arc-en-ciel,

Les cristaux tombent,
La cendre voltige,

Lentement le paysage se ferme
Dans un coffret,
Où la clé s'est perdue...

ETERNEL PRINTEMPS

La journée s'étire dans une incessante semence d'arbre
Qui poudroie le couvercle du piano.
Les abeilles battent de l'abdomen
Sur les bols à confiture
Et les bourdons s'agacent
Dans les jaunes du pissenlit.

« Quel jour sommes-nous ? »
S'inquiète le voyageur…

Les oiseaux fouillent dans les talus
Tapissés de pâquerettes,
Picorant les lombrics.

« Qu'y a-t-il à faire en ce lieu ? »

Elle sourit en silence.

« Nous sommes aujourd'hui monsieur,
Seulement aujourd'hui et c'est bien ainsi… »

Lui prenant la main,
Elle l'emmène au bord de l'eau,
Où dans les rayons qui pénètrent l'eau,
On peut voir danser les alevins.

III

La nature encore...

LA VIE SIMPLE

Une seule ruelle, c'est là tout mon village.
Une arche de pierre surmontée d'une sorte de fenil,
Telle une grange en l'air…
Les oiseaux s'y blottissent.
Dans la paille, un couple de faisans, un canard…

De plain-pied est ma maison.
La porte, les fenêtres, le toit, tout a la forme de l'arche,
Le sol est un gaufrier de tomettes, de pavés.

Mon hibou est là,
Le bec lesté d'un mulot capturé,
Il dort à présent.

La cour est singulière, vaste puits de lumère
Ceinturé de niches et d'étables troglodytes,
C'est la fête aux hirondelles, aux lérots…

Je vais voir les voisins,
Parmi les oiseaux, les chants, la quiétude,
Nous mangeons, marchons, dormons,
Le temps s'écoule,
Peut-être même a-t-il tout à fait disparu…

Vous ai-je dit ?
Je garde des secrets jamais révélés de mémoire d'homme,
Je n'en ai jamais ouvert le coffre
Et ceux qui devaient venir l'enlever
Ne sont jamais venus…

CUISINE DE FORTUNE

La première année où nous nous sommes installés à la clairière,
Mon père avait fait un faux-lopin.
Seulement, il fit si chaud cet été et mes parents étaient tellement
Accaparés par les travaux que le jardin n'offrit rien.

Ma mère nous emmenait alors au village,
Dans une carriole attachée à son vélo,
Pour les légumes, le pain, le fromage,
La farine et que sais-je encore…

Seules les poules nous gâtaient d'œufs
Et les promenades nous réjouirent
Par la découverte d'arbres généreux.
Des pruniers croulants, des amandiers,
Des noix…
La manne était au-dessus de nos têtes.

Avec mon frère, j'allais à la pêche.
Les poissons étaient petits,
Nos mains poisseuses…
Nous en faisions une bouillie,
Une galette grossière à frire dans la poêle.

L'angélique nous tapait sur l'épaule,
Comme volontaire pour être confite,
Avec une poignée de mûres, nous en faisions des tartes.
Comme tant d'autres, elle devenait une plante fétiche.
J'étais petite,
Mais jamais je n'oublie ce peuple
Des étoiles sur terre...

MUSE DE FEUILLES

C'est l'heure où il faut guetter,
Au matin où les talus sont garnis
De mousselines d'araignées
Et où les ombelles de carottes sauvages
Ont verrouillé leurs offrandes.

Derrière les brumes
La silhouette du soleil,
Comme un chevreuil prudent
Qui viendrait renifler.

Un cri de corbeau estompé
Par les gouttelettes,
Oiseau-branche au craquement sec
Né d'un plumage bleu nuit.

De ses mille doigts
Le vieux poirier conte ses histoires,
Sa voix n'est plus qu'un souffle
Et berce les hautes graminées
Couleur de rouille

Le soleil maintenant, dresse ses cornes de cerf
Mais le vallon est si discret…
La porte de la saison se ferme,
C'est le temps où le lierre parle aux pierres
Et le fruit tombé à terre,
S'endort un peu

LE BERGER

Aux premières loges de l'univers,
Frémissent les étoiles dans une pâte bleu nuit
Où les montagnes s'abreuvent des dernières lueurs
Du couchant.

Le ciel descend sur les épaules
De mes chèvres assoupies
Et leurs cornes s'inclinent
Sous ce vaste édredon

Et tournent les moulins à prières
Des nocturnes grillons…

Mon chien s'enroule dans sa robe d'ébène,
Et je n'ai pu ce soir encore
Répondre à ses savantes questions.

Et monte des racines
La litanie des grillons…

Demain et les autres jours, je serai là encore,
Les yeux perdus dans les strates de la nuit,
Jusqu'à ce que le Céleste m'affranchisse
Et que je n'eusse pas appris en vain
La chanson des genévriers.

IV

Désapprendre d'ici...

MAITRE LAO DONG

Dans un lourd bouillon de brume,
S'élèvent les montagnes.

D'un long parchemin couleur de souris,
S'étale la forêt.

Les barques glissent,
Faisant voguer d'antiques personnages
À demi effacés.

C'est ici, dans la vallée de l'est
Que vit le maître.

La maison est petite, frêle et précieuse.
Les plantes sont d'une grâce céleste
Et les bassins accueillent la fine fleur
Des rayons du soleil.

S'agitent les carpes d'or,
Les rainettes vertes et turquoise.

Le maître est là,
Assis près d'une immense salamandre
Et d'un arbre à thé.

Au gré des fumées et parfums de vase
Parviennent des bois qui s'entrechoquent
Ainsi que des sons flûtés.

Alors son visage s'éclairera
Et il chantera les messages
Qui descendent du ciel.

AUBE

Mon œil de pierre s'ouvre sur le village
La poussière de l'aube y est rose et orangée
Scintillant sur les maisons aux toits cornes de buffle,

Le coq nain parade sur les terrasses
Et la brise agite les tubes de bambou
Palabrant en sons grêles au souvenir de l'eau,

Femmes et hommes affairés
Chétives marionnettes d'un théâtre sans cesse joué,
Annoncé par le gong mille fois retentissant.

Un vieillard est à mes pieds qui médite
Sa posture est semblable à la mienne,
Miroitante et claire est son eau…

D'autres esprits,
Infestés par les larves de moustiques
Attendent la salamandre géante,
Dévoreuse et rédemptrice…

Le chœur des gibbons couronne la canopée
Puis se tait quand le tigre passe,
La lune doucement, s'évapore…
Ne reste que la vision de l'œil fermé.

PARADISIER DU DESERT

Derrière les enrochements ocre
Le désert commence.
Encordé à mes frères
Qui marchent loin devant,
J'avance d'un corps transparent
Fait de brumes de chaleur.

Le ciel est passé au dessus de toute couleur.
Les astres cuisent
Dans le lait d'un soleil maternel.

Les apparences se troublent
Et bientôt les visions deviennent des sons.
Des notes naissent
De l'œil bleu pâle d'un oiseau mirage,
Dont les pupilles percent des cris sublimes
De suprême vérité.

IL CIRCO BIDONE

Ils sont beaux.
Et même le linge pendu au fil
Illumine le spectacle.

Le cheval a des yeux de lune
Et la danseuse le crin noir.

C'est une boîte à musique
Où le jongleur aurait une clé dans le dos
Et le contrebassiste jouerait la corde du trapèze.

Les étoiles se baissent encore un peu plus
Et la lune affûte son plus beau croissant
Pour faire briller les robes à pois
Le violon rom et les roulottes fleuries.

Il n'y a pas de chapiteau,
La nuit allume le feu de la joie
Et le petit matin souffle le rouge et jaune
Des lampions.

Au gré du crottin s'envole la chanson du limonaire
Et le cirque passe,
Sur des chemins ronds comme la terre...

V

Réapprendre d'ici...

LE CHRIST MARIONNETTE

Nevers, décembre.
Comme la fourrure trempée d'une bête des forêts,
L'air est âpre et froid, fumeux...

Les maisons s'ordonnent en écailles de pommes de pin
Et les rues s'entortillent jusqu'au Palais des ducs,
Vaste esplanade où l'on découvre la cathédrale.

La cathédrale...
Ceinturée de l'orient à l'occident
Par ses chœurs roman et gothique.
Sur la voute du premier,
Un Christ roux en majesté,
Indélébile par delà les siècles
Et dont le dessin tracé n'est qu'un illusoire reflet.

L'horloge astronomique,
Elégante comme la nuit
Et faisant vœux de silence.

Des couleurs inattendues égayent l'espace,
Ce sont ces vitraux si particuliers,
Rompant avec la facture médiévale
Mais gardant le symbolisme.
Ainsi les ouvertures trilobées accueillent l'orange,

Le rouge framboise, le turquoise, le citron,
Le lie-de-vin, la violine...
Autant de couleurs de pâtes de fruits
Pour honorer le ciel...

Il est là, au centre du transept,
Cet autre Christ que j'appelle marionnette.
Ses bras sont longs, ses jambes souples,
Les pieds posés sur le tau, non cloutés,
Sans entrave, sans souffrance.
On dirait qu'il esquisse un pas de danse,
Son visage interroge d'un œil naïf et mélancolique.

Peut-être dans notre dos et en notre absence,
Les ailes lui poussent et il vole sous la baie
Comme une hirondelle,
Ivre des couleurs de l'espace
Et goûtant tous les arômes sucrés et suaves
De la lumière.

CHRISTE ELEISON

Ce soir-là, dans l'abbaye de la Clarté Dieu
Neuf hommes aux mains blanches et tout de clair vêtu,
Allaient chanter *la messe Nostre Dame* de Guillaume de Machaut.

Un édifice de plain-chant à quatre voix,
Posé sur une basse s'apparentant à une chambre dolménique,
De ténors se hissant vers la baie
Et de barytons arc-boutant la bâtisse.

La polyphonie faisait son œuvre.
Parcourant les soubassements d'harmoniques chaudes,
Eprouvant la tension des piliers en des cordes tendues,
Ondulant l'obscurité, frémissante de cierges vacillants,
Offrant l'acuité humaine aux statues
Et ravivant la lumière sur les visages de l'audience.
La nuit emmitouflait le village.
Dans les bois, les arbres chargeaient leur sève
De rayons lunaires.
Et même le bouc du vieux Foyard,
Si impressionnant le jour,
Se hissait vers la claire voie de l'étable
Pour écouter le souffle divin.

FONDAMENTALES REALITES

I

Le visage émacié,
Une femme pleure son mari.
Dans les taillis,
Un rossignol chante au-dessus d'elle.

De jour comme de nuit,
Les amants s'étreignent
Et s'irise la lune
Blanchie des nuées d'automne.

Horloge affolée est le monde des hommes,
Clignotante de chiffres
Et de cruels engrenages.
Le criquet se repose,
Luisant sur le bourgeon
Et le sage contemple ses mains
Caressant les nuages.

II

La cité crache ses âcres fumées.
Terré dans son réduit nocturne,
Au-delà de l'égout et des tunnels ferroviaires,
Le mendiant écoute
Le chemin de l'argile

Où tournent les fossiles
À la manière de jouets d'enfants.

III

Elle pose sa main
Sur la joue du bien-aimé
Et dans le vert de son œil
Outre la couleur de son âme,
Elle voit les océans vainqueurs,
Les poissons s'illuminant
Et la flore sortir des eaux.

IV

L'insecte est guerrier,
Crochu et hideux.
Il n'est rien de tout cela
Pour le soleil...
Et lui et moi changeons de forme,
Au gré des constellations
De passage.

LE TEMPS ET L'OUBLI

Que restera t-il de ces chevaux tonitruants de vanité
Soulevant des poussières vers les clameurs des gradins ?
Hommes et femmes en trombe sur les chars menacés
Frôlant leurs roues en des étincelles de fierté.

Le temps et l'oubli
Et dans le désert
Quelques grains de sable
Marqués par les traces de vertu...

Le bruit du monde, des océans de mots,
Des millions de notes, un gouffre de ruines
Flambant neuves.

Le temps et l'oubli
Et dans la forêt
Une offrande d'amour
Oubliée sur le grand arbre...

LE PREMIER HOMME

Il y a des siècles et des siècles,
Là où le temps se perd dans le tumulte
D'un fleuve boueux,
Les hommes eurent le privilège,
Une seule et unique fois,
D'entendre le grand secret
Mais ils n'en firent rien…

Le chaos s'abattit sur eux
La terre s'ouvrit en deux,
Charriant un ineffable brouet.

Le sommeil est passé.
Il risque quelques pas hors de la caverne
Tout n'est que sable et amoncellement de pierres.
De ses poches,
Il extirpe quelques épis
Et en effiloche les graines, inquiet,
Pique quelques brins de lavande
À même les dunes.

Les jours passent,
Un minuscule filet d'eau sourd des graviers
Et fertilise les semences en un fragile duvet.
Quelques fourmis cheminent,
Un scarabée hésite.

Après la tempête, une mare s'est formée.
Dans le reflet, ondule son pauvre visage
Où s'agitent des larves et peut-être des alevins…

Ses mains tremblent, il se nourrit de peu,
Mais voici que lève le laiteron, le panais, l'engrain
Et l'entrée de son ermitage qui se couvre de pariétaires.

Patience,
Ton corps n'est qu'un maigre temple
Mais qui déjà, abrite le don.
Ce sera là ta noble mission,

Avant de goûter le lait de ses chèvres
Qui passent près du ruisseau.

LE TESTAMENT DU POETE

Ainsi, ces mots,
Je ne les aurai pas laissés en vain.
Dans le sous-bois des arbres maîtres,
Du peuple des pierres et du lierre insolent,
Je les aurai déposés.

La vie est là,
Qui rougeoie sous nos pas.
Je m'adresse à elle
Par la chétive brise de mon souffle
Qui attise le berceau des feuilles.

Peu importe que mes pairs
S'indiffèrent à mes mots,
Je parlerai à l'invisible
Par l'encrier de mon âme.

Et ma plume se trempe
Dans le noir sang de la lune,
Où baignent des poissons d'argent.

VI

Les mystères...

LE CHEVAL DE VIORNE

La chouette perce la nuit
De ses deux appels d'effroi,
C'est alors qu'apparaît
Le mystérieux cheval de viorne

Comme le phosphore dans l'ombre,
Il est de lueur pâle
Et sa frange est crème

Couvert de lianes
Où s'accrochent les ronces,
Les graines et les teignes

Il pèse un bloc de rocs
Mais sa démarche est fière
Et son œil humide

Vois-le errer sous la lune
Depuis les champs,
Les marais, les chemins,
Jusqu'à la croix de notre bon Seigneur.

Nul ne peut le toucher
Il est de tous les âges,
De tous les temps,
C'est un rêve d'airain fait animal,
Un songe adoubé de terre.

CEUX DE LA LUNE CUIVREE…

« Ainsi, c'est toi… »
J'avais senti une présence insolite derrière mes pas
Et je fixai cet étrange personnage
Marchant à mes côtés.

Visage en fer de lance, une ébauche de sourire,
Deux fentes profondes percées par un feu rougeoyant.
J'eus le dos, la nuque, glacés, mais le souffle étrangement calme.

Le chemin montait, je me suis mis à le suivre,
Nous serpentions sur le haut d'une ravine,
Son pas était souple et rapide,
Je commençais à le perdre, à décliner,
Il disparu…

Cette même année, j'étais assis près d'un muret d'automne
Coiffé de lierre, de viorne,
Honoré de bougies d'orobanches.
Sa voix me fit du bien, mais il ne se montra pas…
« Ainsi, c'est toi qui cherche l'entrée de nos mondes.
Approche donc ces feuilles de lierre, ces têtes de bouc,

Tu y verras des visages semblables à ceux des nôtres... »

« Penche-toi sur le puits, dans la souche du noyer,
Peut-être y aura-t-il une salamandre... »

Des rumeurs se consumaient,
Puis s'éteignirent dans le sous-bois.
Je m'endormis contre les pierres,
Le froid posait son badigeon.

J'entendis le souffle du silence
Et le cœur du mur battait.

L'ANGE DE LA BRUME

Respire,
C'est le seul son qui aura sa place ici.
Guide-toi,
Par l'œil de la lune
Ce sera là ta seule chandelle...

Tu avanceras de craquements secs
En fossés spongieux,
La marche entravée par les bras maigres
Des ronces
Et les ongles forts des taillis.

Arrête-toi et imprègne-toi
Du souffle des bêtes,
Du murmure des feuillus...

Passe outre le froid,
La pluie,
La peur...

Le petit matin se dévoile
Que croyais-tu trouver ?
Des elfes, des fées,
Et quoi d'autre encore ?

La brume se lève dans la forêt,
Des nuages flottent au dessus des champs,
Qu'éclatent en mille gouttes,
Les oiseaux bruns des vignes et des coteaux

Et c'est déjà beaucoup pour apprendre.

VII

Où il est question d'histoires au féminin...

CRÈME À LA VANILLE

Tout d'abord nous ne savions pas marcher,
Nous ne faisions que courir,
Poussant des cris hystériques
Dans la cour de la ferme

Il y avait l'épave du camion jaune pâle
~Magasins Lefroid~
~Bonbons Klaus ~
Avec le dessin d'un téléphone
Et quatre chiffres

Parfois un œuf sur les sièges
Que laissait une poule terrorisée
Par les gamins.

Le bouton d'or faisait une lueur jaune-vert
Sous le menton.
Concours de chansons naïves.
Trop de soleil dans ses cheveux,
Et acrobaties sur des vélos d'un autre âge_.

On nous envoyait chercher la crème à la vanille
Toute fumante sur le bord de la fenêtre.
Se retrouver seul dans la cuisine nous troublait
Car le temps passait,
Le cœur cognait plus fort à chaque rencontre.

Puis les chemins se sont égarés
En aiguillages compliqués
Les vies se sont précipitées...

Un soir, sous les tilleuls de la place
Loiseau d'Entraigues,
J'ai croisé cette ancienne enfant que j'aimais,
L'automne montait comme une marée
Une plaie s'ouvrait dans mon souffle

J'allais mieux comprendre les arbres penchés...

LA MEDAILLE D'HELENE

« Tout ce que l'on a vécu doit bien naître quelque part... »
Ainsi parlait Hélène en traversant les prés
Et sa chevelure embaumait
Les feuilles du marronnier
Qui brunissait sur son passage.

« Je cherche ma médaille... »
Dit-elle, l'air perdue au milieu du vent
Qui accompagnait sa litanie.

Un fil la reliait à l'autre bout de la terre
Où ses sœurs de charité menaient
Une vie douce et silencieuse.

De ce fil, elle fit une bobine,
Qui tirait vers elle des espaces
inconnus de nous tous.

Un merle sur l'épaule,
Elle traversait ces régions immaculées,
L'or sur la neige
Se reflétait comme autant de petites médailles...

DESERTINA

Pour la chanteuse Lhasa

J'attache mes cheveux
Puis je pars sur la route ardente,
J'y vois des tiges, des fougères
Et des fleurs
Et je bois leurs paroles qui me sont inconnues.

Les vagues se forment à l'horizon
Quand le ciel donne une forme au silence,
J'ondule tel un mirage
Pieds nus et sable brûlant.

Ma robe est froide
Et je sens une caresse sur l'épaule
Mais tu n'es plus là pour me porter.

Chaque nuée d'oiseaux s'élance de la dune
Et l'eau reflète leur cri sublime,
Je pointe mon couteau vers les rochers
Et la lame reflète d'étranges pensées.

J'aimerais regarder,
Mais on m'attend là-bas,
Là où les maîtres n'ont pas de nom…

CHLOE LA NUIT…

D'après
« Chacun cherche son chat »
(C. Klapisch)

Où es-tu Chloé ?
Dans quelle trappe des rues de Paris
As-tu glissé ?
Tes godillots résonnent rue de Lappe
Et tu éclaires de tes jambes blanches
La nuit qui s'accroche à tes cheveux noués.
Derrière les portes cochères,
On y entend tes propres rires,
Carrés de sucre chutant dans des verres
Où s'affolent des souris tziganes.
L'accordéon tamisé et la techno,
S'élancent jusqu'au sommet de la Bastille
Et saupoudrent les rues tels ces papillons de nuit,
Que l'on nomme éphémères.
J'ai retrouvé l'été dernier,
Sur une gouttière de la rue Keller,
Parmi les flyers de concerts reggae et repassage à domicile,
« Perdu chat de la fin XXe, téléphoner au… »
Alors, j'ai dévisagé tous les matous,
Tous les bouffeurs de croquettes
Du boulevard Voltaire et de la Roquette…
Au hasard d'une cour pavée,

Envoûté par le joueur de flûte d'Hamelin,
Je suis descendu dans ce hangar underground
Des danseurs de salsa, montreurs d'ours et joueurs de bandonéon...
Tu étais là sous les lampions, les lumières orangées
Et les flocons de la sphère à miroirs...
Je t'ai cherchée, j'ai demandé aux uns et aux autres
Mais eux, perdus dans la vodka et le brouhaha des guitares,
N'entendaient de ma voix qu'un sifflet dérisoire...

VIII

Une anecdote...

LE DINER CHEZ ZOLA

Pour Loran Bart

Cheminal fulminait, mais les quelques phrases
Qu'il bâclait sur le papier à en-tête de son journal,
Me donnait l'accréditation tant espérée
Pour les soirées de Médan.

Après des semaines d'odieux harcèlement,
Je jubilais...

Le jour dit, je me rendis à Poissy
Le ventre noué et le souffle empêché,
Qu'aggravait encore l'air vicié du wagon.
Il était sept heures du soir
Lorsque je me présentais à la grille
De l'imposante villa.

« Ces messieurs dînent à vingt heures trente,
Si vous voulez bien attendre ici… »
Et la voix solennelle de la servante
S'harmonisait au timbre cuivré de l'horloge,
On descendait l'escalier,
Des mouches s'affolaient devant mes yeux…

Ma présence dans le salon fit l'effet d'un pet incongru
Dans la conversation animée de ces grands hommes,
Et ma mémoire me fait défaut sur les quelques phrases
Que j'ai pu bredouiller alors.

A cela, Maupassant eut une répartie
Que je ne compris pas, mais qui eut pour effet
De provoquer l'hilarité de ces messieurs à binocles
Et à moustache de bœuf musqué…

On me fit asseoir à côté de Huysmans et de Céard,
J'osais à peine toucher les couverts.
Mais toujours est-il qu'entre le coq au vin
Et les bourgognes épais,
On m'oublia.

Ainsi, telle la première année d'un novice
Dans un quelconque ordre initiatique,
J'avais le privilège de légitimement me taire
Et d'écouter Henique, Alexis,
Et encore Maupassant
Et le maître Zola...

Au retour, j'eu un échange courtois avec Huysmans.
J'ai conservé un feuillet qu'il détacha de son carnet
Où il avait noté avec soin une liste d'ouvrages
Qui pouvait illuminer des jeunes gens comme moi.

Quand à l'hypothétique reportage,
Je n'en n'écrivais pas la moindre ligne...

Table des matières

LILAS	7
LA PHOTO MODIANO	11
UNE VIE	14
CLOCHETTE	19
OFFRANDE	20
LE SILENCE	21
PRELUDE ET PASTORALE	22
REVE D'EAU	23
ETERNEL PRINTEMPS	24
LA VIE SIMPLE	27
CUISINE DE FORTUNE	29
MUSE DE FEUILLES	31
LE BERGER	33
MAITRE LAO DONG	38
AUBE	40
PARADISIER DU DESERT	42
IL CIRCO BIDONE	43
LE CHRIST MARIONNETTE	47
CHRISTE ELEISON	49
FONDAMENTALES REALITES	51
LE TEMPS ET L'OUBLI	53
LE PREMIER HOMME	54
LE TESTAMENT DU POETE	56
LE CHEVAL DE VIORNE	59
CEUX DE LA LUNE CUIVREE…	60
L'ANGE DE LA BRUME	63
CRÈME À LA VANILLE	67
LA MEDAILLE D'HELENE	69
DESERTINA	70
CHLOE LA NUIT	72
LE DINER CHEZ ZOLA	77

Emmanuel ROUSSEAU
15 rue Anne de Bretagne
37130 LANGEAIS
FRANCE
2015